CROQUIS A LA PLUME.

PREMIER CAHIER.

ESQUISSES PICARDES.

GUSTAVE LE VAVASSEUR.

CROQUIS A LA PLUME.

AMIENS,
Imprimerie de LENOEL-HEROUART,
RUE DES RABUISSONS, 30.

1866.

(Extrait de la Picardie, **1866***).*

CROQUIS A LA PLUME.

ESQUISSES PICARDES.

Ce sont des croquis à la plume.
De corbeau? de cygne? ou d'oison?
— Plume d'oison crache à foison,
L'encre alentour fait une brume :

Plume de cygne a la coutume
De vouer au blanc l'horizon,
Et d'endimancher la saison,
A l'image de son costume :

Plume de corbeau pousse au noir.
Essayons ce que peut valoir
Plume de poëte en carême.

Quel animal est-ce? — Un oiseau
Qui tient du cygne, du corbeau
Et de l'oison. Jugez vous-même.

Amiens, 15 mars 1866.

I.

Bords de la Somme. — Camon.

La rivière fait un coude;
Un petit flot murmurant
Se détache du courant,
Comme un écolier qui boude ;

L'onde reprend en aval
Le calme de sa surface ;
Sa face est comme la face
D'un vieux miroir de métal

Où la rive, qu'on voit double,
Confuse en bas, nette en haut,
Laisse aller au fil de l'eau
Son reflet tremblant et trouble.

A la surface mourant,
Une bulle d'eau sanglotte,
Un brin de roseau tremblotte
Au caprice du courant.

Dans cette monotonie
Passant furtif, un rat d'eau
Donne la vie au tableau
Sans en troubler l'harmonie.

A leurs têtes en balais,
Les vieux saules de la grève
Sentent le vin de la sève
Monter en tons violets ;

D'autres, sans tête et sans branches,
Comme des gueux rabougris
Découvrent leurs grands fronts gris
Et leurs cicatrices blanches.

Le soleil qui disparaît
Change en perles d'ambre jaune
Les graines brunes d'un aulne,
Nain-géant de la forêt.

Un dernier rayon circule,
Dans les halliers, — un fil d'or;
Puis mon petit coin s'endort
Dans l'ombre du crépuscule.

Et l'horizon? — L'horizon
Qui nous écrase et nous borne
Est sans grâce, plat et morne ;
Je le biffe, et j'ai raison.

Le laboureur fait son œuvre,
Il arrache les forêts,
Il aligne les guérêts,
Il fait œuvre de manœuvre,

Ouvre et féconde le sein
De la terre qu'il défriche;
Courage et paix au bon riche,
Pour le pauvre il fait le pain,

Mais, pour rendre à la nature
Un peu de virginité,
Dans le modèle accepté
L'artiste a droit de rature.

16 mars 1866.

II.

Le Marché à raideries.

Epaves de l'orgueil humain,
Balayures du lendemain
Des funérailles,
Vieux galons, vieux échantillons,
Vieux falbalas, vieux cotillons,
Vieilles ferrailles ;

Chaudrons fêlés et pots cassés,
Vieux ustensiles déclassés,
Vieilles étoffes ;
— Quelque prix que vous en donniez,
Marchandez, badauds, chiffonniers
Et philosophes.

Un habit complet d'artilleur,
Un jupon fané, de couleur
Pimpante et claire,
(Proviennent-ils du même troc?)
Sont pendus côte à côte au croc
Patibulaire.

Près d'un soulier dépareillé,
Le satin recroquevillé
D'une bottine ;
L'un est rugueux, calleux et lourd,
Dans l'autre on sent le pied qui court
Et qui trottine,

Mais où sont les muscles puissants
Qui se contractaient, frémissants
Sous leur étreinte,
Le pied rude et le pied charmant
Dont le moule a naïvement
Gardé l'empreinte ?

Mouchettes, varloppes, marteaux,
Ecumoires, poëles, rateaux,
Clous, grils et grilles,
Lunettes de tous numéros,
Tournebroches et braseros,
Bêches, étrilles,

Outils usés, outils brisés,
Invalides cicatrisés
De toute taille,
Dépourvus d'éclat mensonger,
Je ne puis vous voir sans songer
A la bataille

Où vous avez été blessés;
Vous avez été ramassés,
Encor solides,
Au champ du travail; entre tous
C'est champ d'honneur, consolez-vous,
Vieux invalides !

Que font parmi tous ces débris
Ces pigeons blancs, roux, noirs et gris,
Roucoulant d'aise ?
— Les pigeons ont l'esprit profond,
Ce sont des poëtes, — ils font
Une antithèse.

L'antithèse est un lieu commun,
Je vois heurter des gens à jeun
Par des gens ivres,
L'antithèse fleurit partout,
Mais je crois qu'elle aime surtout
La boite aux livres.

Les Aphorismes de Mesmer
Frottent le dos d'un Gulliver
Couvert de boue,
Et Madame de Villedieu
Est serrée entre Montesquieu
Et Bourdaloue.

Des vieux bouquins, — un Cicéron,
Virgile trahi par Scarron,
Grecs et barbares,
Romans, papiers vendus au poids,
Feuilletons du Siècle, parfois
Des livres rares,

— Un Cornélius Agrippa,
Ce vieux Faust que préoccupa
Le monde occulte,
Et qui, maladroit charlatan,
Ne fit pas payer par Satan
Les frais du culte.

Quel est ce billot jadis neuf ?
A la page cinq cent vingt-neuf
Cela commence,
Et l'ouvrage ne finissait
Qu'à douze cent quatre-vingt-sept.
Quelle œuvre immense !

— Ce trognon malpropre et flétri
Fut le Cyrus de Scudéry,
C'en est le reste.
Le tout fut le plus lourd des plats,
Le rogaton certes n'est pas
Moins indigeste.

Que de poëtes oubliés !
Grands vaniteux humiliés,
O mes confrères,
Etions-nous fiers, quand à vingt ans
Nous étalions notre printemps
Chez les libraires !

Sous nos frais habits de vélin
Quelle gloire ! quel air câlin
Et quelle morgue !
A présent nous voilà tout nus,
Pauvres cadavres inconnus,
Mis à la Morgue.

Frères, faut-il vous réclamer
Et décemment vous inhumer
En terre sainte ?
Vous pourrez sur un haut rayon
Jusqu'à la Résurrection
Dormir sans crainte.

— Plutôt l'injure que l'oubli,
Laissez-nous sur notre établi ;
Sous la lumière
Ce n'est rien d'être endolori,
Il vaut mieux être au pilori
Que dans la terre.

— C'est vrai ; puisque l'on a poussé
L'âpre recherche du passé
Jusqu'au délire,
Les savants, bien ou mal peignés,
Qui, neufs, vous auraient dédaignés,
Voudront vous lire.

Faire du neuf avec du vieux,
C'est bien. Ce serait encor mieux,
En toute affaire,
De faire du neuf tout-à-fait,
Du neuf qu'on n'eût pas encor fait.
Mais, comment faire ?

Samedi, 17 mars 1866.

III.

Dans la plaine.

Le ciel est noir, la terre est brune,
Le promeneur est plein d'ennui,
Le soleil nous garde aujourd'hui
Rancune.

Le vert est gris, le gris est vert;
Pas une ombre, pas un contraste,
La plaine est un lugubre et vaste
Désert ;

Pas d'arbres, pas un toit qui fume,
Un chemin blanc qui s'en va vers
L'horizon serpente à travers
La brume.

Dans le brouillard tout plein d'effroi
Qui donc chante un épithalame ?
Est-ce cet oiseau, cette femme
Ou moi ?

— L'alouette seule est en verve,
La femme, insensible au doux chant,
Avec fureur bêche son champ,
— J'observe.

Interrompant de temps en temps
Le labourage et le cantique,
Mes compagnons font ma critique,
— J'entends.

L'un sur l'autre à l'envi s'aiguisent,
Comme un ciseau sur un ciseau,
Les propos de femme et d'oiseau.
Ils disent :

L'oiseau : — Voyez donc cet oisif!
La femme : — Il faut à la paresse
De ce podagre une caresse
D'air vif.

Oiseau chante, si bon te semble,
Femme, travaille. A côté d'eux
Moi seul ici fais tous les deux
Ensemble.

19 mars 1866.

IV.

La petite Venise.

Ville grise,
Quel gai compagnon
T'a donné le nom
De Venise ?

Prenait-il
Pour des colonnades
De ces pieux maussades
Le profil ?

Dans quel marbre
Croyait-il taillé
Ce fronton fouillé
Dans un arbre ?

Sous quel pont
Passe la gondole ?
A la barcarole
Qui répond ?

Où demeure
L'*Innamorato*,
Qui, dans son bateau,
Attend l'heure ?

Et Thisbé,
Avide d'entendre
Son jaloux et tendre
Sigisbé,

Qui soupire
De chaleur le jour,
Et la nuit, d'amour ?
Et le sbire ?

Où jadis,
Par les nuits fantasques
Frétillaient les masques ?
Et les dix ?

Et le doge,
Epoux de la mer,
Drapé, grave et fier,
Dans sa toge ?

Les vaisseaux
Portant, rois des ondes,
Les tributs des mondes
Dans tes eaux ?

Et l'aurore
Dorant les splendeurs
De tes flancs grondeurs,
Bucentaure ?

— Un bateau
Barque utilitaire,
S'en va, solitaire,
A-vau-l'eau.

Dans les brumes
Il aborde au port;
Il fait le transport
Des légumes;

Plein d'ennui,
L'hortillon regarde
La cité picarde
Devant lui.

Perspective.
— Des ponts malotrus,
Des pignons ventrus
Sur la rive,

Puis au bout
Une maison borgne,
Dont l'œil de bœuf lorgne
Sur l'égoût.

Dans Venise
S'il eût vu cette eau,
Le Canaletto
L'eût-il prise ?

L'Arétin
Du ver de sa ligne
En eût-il cru digne
Le frétin?

Sous la pierre
De ce pont ancien,
Qu'eût fait Titien
Sans lumière ?

Le ciel bleu
Que saint Marc préfère
Ne rayonne guère.
Sur Saint-Leu ;

Véronèse,
Chez nous dans l'été
N'eût pas même été
A son aise ;

On comprend
Mieux ici les ombres
Et les clartés sombres
De Rembrandt.

Par risée,
Ville au teint noirci,
Qui t'a donc ainsi
Baptisée ?

— Mon parrain
N'était pas un rustre;
C'était un illustre
Souverain.

Cœur de bronze,
Esprit patelin,
C'était un malin,
Louis onze !

Qu'il flattait
De douce manière!
O le fin compère
Que c'était !

A la course
Il prenait parfois
Le cœur des bourgeois
Et leur bourse.

Chacun sait
Qu'aux bords de la Somme
Il chevaucha comme
Charles sept ;

Il me semble
Entendre le Roi,
Sur son palefroi
Qui va l'amble :

Gens d'Amiens,
Marchands à sacoches
Gardez bien vos poches,
Je vous tiens !

C'est Venise !
— Dit-il au début.
Venise ! — Amiens fut
Ville prise.

Les tanneurs,
Les rois de la fête,
Se croyaient au faîte
Des honneurs,

Les orfèvres
Marchaient d'un pas lent,
Un rire insolent
Sur les lèvres.

Pas un d'eux,
Barbe blonde ou grise,
N'avait vu Venise
Aux flots bleus ;

Mais, faiblesse !
Chacun fut content
Et paya comptant
Sa noblesse.

Gens du Bloc
Gens de Saint-Sulpice
Et de Saint-Maurice,
De Saint-Roch,

Gens honnêtes
Du quartier Saint-Leu,
Rendez grâce à Dieu,
Car, vous êtes

Plus heureux
Sur vos digues brunes
Que sur les lagunes
Aux flots bleus.

A Venise
On est triste ou fou,
Le joug sur le cou
S'éternise.

Souvenir,
Visions amères !
Regrets et chimères
D'avenir !

Rien n'éveille
Sur le grand canal
Le flot sépulcral
Qui sommeille,

Ni frissons
Du bal qui s'apprête,
Ni travail en fête,
Ni chansons.

Libre et fière,
Amiens aujourd'hui
Dans son petit bruit
Persévère.

Chocs pesants,
Vapeur qui fermente,
Le tapage augmente
Tous les ans.

Patriarche
Comme aux temps anciens,
Le bourgeois d'Amiens
Vit et marche;

Aux rêveurs
Il laisse leur rêve,
Il demande trêve
Aux sauveurs.

Il ne raille
Ni les parvenus,
Ni les pauvres nus,
— Il travaille.

Au savant
Il laisse l'histoire.
Arrière la gloire!
En avant!

20-22 mars 1866.

V.

Secundùm decursus aquarum.

Dans le bateau de fumier
L'homme monte le premier :
Il s'assied comme un monarque.

La femme conduit la barque.

La femme, la gaffe en main,
Songe aux longueurs du chemin,
L'homme, rêveur à la poupe,

Fume en pensant à sa soupe.

La femme songe à l'enfant
Et son pauvre cœur se fend ;
L'homme, à sa charge de fange,

Sourit d'un sourire étrange.

Il pense aux petits oignons,
Aux poireaux, aux choux mignons.
— L'enfant n'est-il pas malade ?

— J'aurai de fière salade.

Pauvre enfant ! — Quel bon engrais !
L'homme est homme de progrès ;
Il aime qu'on le remarque.

La femme conduit la barque.

La barque va doucement
Le long d'un canal charmant :
La femme dit : les beaux saules !

L'homme hausse les épaules.

Du printemps c'est le frisson,
Si je chantais la chanson
Que notre petit préfère ?

L'homme répond : pourquoi faire ?

Il calcule en murmurant ;
La femme fend le courant,
Puis à grand'peine elle aborde.

L'homme dit : jette la corde.

Le bateau, plein de fumier,
S'amarre au pied d'un pommier
Qui, du réseau de ses branches,

Ombrage deux ou trois planches.

O bel arbre printannier
A ton ombre, l'an dernier,
L'homme et la femme, ici même,

Murmuraient tout bas : je t'aime !

La femme dit : ô premier
Témoin d'amour, cher pommier
Complice des cœurs fidèles,

Oh ! que tes branches sont belles !

L'homme dit : cet arbre nuit ;
Il ne donne pas de fruit
Pour la place qu'il encombre ;

Nous n'avons pas besoin d'ombre.

Epouse et mère, cœur d'or,
La femme dit : cher trésor !
Ventre affamé, cœur de marbre,

L'homme dit : j'abattrai l'arbre.

La cloche sonne un trépas,
La femme se signe. Hélas !
C'est Dieu qui juge les âmes !

L'homme grommèle : oh les femmes !

Ils épandent le fumier
Jusqu'au soir sous le pommier,
Et tout le long de la rive.

La femme reste pensive.

Ils reviennent au logis ;
La femme, les yeux rougis
Par l'espérance et la peine,

Rame, rame à perdre haleine.

Au fond du bateau posé,
L'homme dit : ai-je épousé
Une femme vaporeuse ?

J'aurais eu la main heureuse !

Dans les hortillonnages, 23-24 mars 1866.

VI.

La cueilleuse d'herbes.

Elle va, la robuste fille,
Gravissant les âpres rideaux,
Rasant le sol de sa faucille,
Intrépide et pliant le dos.

A travers la fange et la craie,
Les cailloux, les chemins sablés,
Son ongle va chercher l'ivraie
Et le liseron dans les blés.

La picarde a coiffé sa tête
D'un bonnet d'indienne à fleurs,
Qui lui fait une folle crête
De capricieuses couleurs.

Le reste du costume est terne,
Monochrome, roux ou gris-brun,
Rien d'antique ni de moderne,
Un ensemble hybride ou commun.

Cotillon et tricot de laine ;
Des souliers d'homme, de gros bas,
Pas un murmure dans la plaine ;
Pas un rayon dans le ciel bas.

Mais elle a fini sa cueillette,
Il faut emporter son fardeau
Et puis aller semer l'œillette,
Si le vent d'Ouest promet de l'eau.

Elle ne fait botte ni gerbe,
Sans perdre son temps à trier,
Pêle-mêle elle jette l'herbe
Et les fleurs dans son tablier.

Elle les tasse, la secoue,
Leur donne un tour demi-coquet,
Rassemble les fuyards et noue
Les quatre coins de son paquet.

Puis d'un coup de reins elle jette,
Fixant les yeux à l'horizon,
Le paquet d'herbes sur sa tête
Et s'en retourne à la maison.

Buste en avant, poing sur la hanche,
La tête droite sous le poids,
De sa faucille elle a le manche
Ainsi qu'un fuseau dans les doigts ;

L'autre main qui soutient la charge,
Décrit en s'éloignant du corps
Une courbe puissante et large
Féconde en plastiques accords.

C'est ainsi que les Canéphores
Portent dans certains bas-reliefs,
Les corbeilles et les amphores
En équilibre sur leurs chefs.

C'est à travers ce prisme antique,
Ce noble mirage de l'art,
Que tu l'as vue, ô peintre attique,
Poussin de l'horizon picard ;

Breton, cette fille est la tienne,
Elle est éclose sous tes doigts
Cette déesse italienne
Dans les brouillards gris de l'Artois.

Des lignes cherchant la noblesse,
Parfois supprimant un détail,
L'artiste fait une prêtresse
De la servante du travail,

Et, poète comme Virgile,
De la nature chaste amant,
Au fond de sa cangue d'argile
Il devine le diamant.

De son enveloppe grossière
Il le dégage et met au jour
La fleur qui dort dans la matière
La forme, — ce divin contour ;

Puis, savante ou capricieuse,
Mais toujours habile, sa main
Sertit la pierre précieuse
Que l'on admirera demain

En attendant la foule passe.
Aveugle ? indifférente ? — Non,
Mais elle a besoin qu'on lui fasse
Un peu d'avance sa leçon.

Dreuil, 24 mars 1866.

AMIENS, IMP. DE LENOEL-HEROUART.

www.ingramcontent.com/pod-product-compliance
Ingram Content Group UK Ltd.
Pitfield, Milton Keynes, MK11 3LW, UK
UKHW020227180726
13838UKWH00005B/2241

9 782329 350684